여정의 풍광

여정의 풍광

초판인쇄 | 2018년 12월 5일 초판발행 | 2018년 12월 10일
지은이 | 이광수 주간 | 배재경 펴낸이 | 배재도 펴낸곳 | 도서출판 작가마을
등   록 | 2002년 8월 29일제 2002-000012호
주   소 | 부산광역시 중구 대청로 141번길 15-1 대륙빌딩 301호
         T. 051248-4145, 2598 F. 051248-0723 E. seepoet@hanmail.net

ISBN 979-11-5606-116-8 03810 ₩9000

※ 이 도서의 국립중앙도서관 출판예정도서목록(CIP)은 서지정보유통지원시스템 홈페이지
   (http://seoji.nl.go.kr)와 국가자료공동목록시스템(http://www.nl.go.kr/kolisnet)에서
   이용하실 수 있습니다. (CIP제어번호: CIP2018039256)

※ 이 책의 무단전재 및 복제행위는 저작권법에 의거, 처벌의 대상이 됩니다.

※ 본 도서는 2018년도 부산문화재단 지역문화예술육성지원사업으로 지원을 받았습니다.

여정의 풍광

이광수 여행시선

도서출판
작가마을

물소리 귀에 가득한 날은
들길을 따라 가고 싶다
고삐 풀린 황소처럼 들판을 헤매다가
우물에 물 한 바가지 반달만큼 퍼 마시고
자갈 모래
맨발로 밟고 땅 끝까지 걸어가서
지친 발목 어루만져 줄
그 바다에 발 담그고
비바람 눈보라치는 날에
등대처럼 서고 싶어
돌아갈 수도 없는 땅 끝에 서면,
텅 비워 다시 채우는
바다를 보겠지만,
살아서 퍼덕거리는
그 몸짓을 알겠지만,
터벅터벅 걸어가는 길의
끝이 어딘지 알 수 없다

2018년 12월

이 광 수

이 광수
여행시선

005 · 서시

제1부 013 • 지구의 심지

014 • 거울 호수

015 • 와이토모 동굴의 반딧불이

017 • 피오르드 밀포드 사운드

018 • 태산

019 • 삼협박물관

020 • 황혼빛을 싣고 가는 크루즈

022 • 여정의 풍광

024 • 해맞이

026 • 사자탈춤

028 • 장강의 흐름 위에

여정의 풍광

제2부

031 • 쪽빛 아드리아 해

032 • 페트라, 페트라

034 • 피레네 산맥에 가렸던 별천지

036 • 구엘공원

038 • 플라멩코

040 • 알프스 만년설을 담아

042 • 진경珍景을 찾아서

044 • 아름다운 소국

046 • 암각화에 담긴 미소

048 • 꽃밭에 일렁이는 황금빛

049 • 멜크 수도원의 정원

050 • 폭포

051 • 산마리노

제3부

055 ● 불협화음의 대합주

056 ● 요세미티 국립공원

058 ● 나이아가라

060 ● 탱고 1

062 ● 탱고 2

064 ● 이과수 폭포 보트 투어

065 ● 야간열차와 서비스

066 ● 풍광의 색정

068 ● 지하 감옥 69일

070 ● 생긴대로 살아간다지만

072 ● 식물의 낙원

074 ● 물개

076 ● 수하물

여정의 풍광

제4부

081 • 정적으로 말하는 산하
082 • 저 산이 나를 부르고
083 • 난타의 장엄
084 • 병풍폭포
086 • 휘몰이 하는 향내
088 • 고당봉 해맞이
089 • 을숙도 소묘
090 • 몰운대 가는 길
092 • 운문사에서
094 • 마라도 일출
096 • 장백폭포
097 • 내장산 칠색조
098 • 법성포에서
099 • 여름, 배냇골
100 • 자갈치 새벽시장
101 • 간절곶 해돋이

이광수
여행시선

제5부

105 • 바람의 길

106 • 바람소리

108 • 회동수원지

110 • 원효암의 가을

111 • 천왕봉

112 • 고가古家

114 • 석굴암 가는 길

115 • 오륜대

116 • 가덕도 동백꽃

118 • 망루望樓

120 • 오일장 저잣거리

121 • 고당봉

122 • 겨울산행

123 • 섬

124 • 물의 잠언

125 • 하산을 하며

126 • 후기

제1부

지구의 심지

— 뉴질랜드 1*

적도를 지나 남반구로 나는 비행기는
계절을 반대로 돌리고
8월이 한겨울이라고,
얼음의 섬을 보고
당황하는 표정을 하지 않아도 된다고

빙하로 깎아 세운 암벽을 보여주는 피오르드나
도시나 농촌의 구분을 지워버린
울창한 우림지대를 찾아나서는 것보다
도시 속의 공원이 아니라
공원 속에서 농촌과 낙농을 하는 풍경
만상을 감싸주는 수림이 되어보는 즐거움

말라가는 연못 안의 올챙이들처럼
숨 가쁘게 물을 찾는 숨소리를 내려놓고
풀섶에 뛰어올라
초록빛 희망과 수다스런 잎들의 향연을 즐기고
피부가 말라가는 절박한 한숨을 내지 않아도
만상을 아우르는 녹색세계를 펼쳐주는 별천지다

* 오세아니아의 남동쪽 남태평양에 있는 남섬과 북섬으로 이루어진 섬나라.

거울 호수*

− 뉴질랜드 2

호수 한가운데
'거울 호수' 이정표가 거꾸로 얼비치고
우람한 나무들도 함께 따라와서 서성이고 있다

서걱서걱 갈대의 비음은 거울 호수를 잠재우는가

산세山勢를 수채화처럼 담아놓고
끝없는 하늘을 쳐다보는 호수의 눈동자
숲 속의 길을 찾아주지 못해도
능선을 타고 오르는
험준한 바위산을 감추지 못할지라도

거울 호수가 담아놓고 있는 풍경을
찬찬히 바라보고 있으면
심란한 마음이 잔잔하게 풀어지고
바다의 파도처럼 출렁이는 격정과 세파世波도
제 밝은 눈빛으로 씻어보라 한다

*뉴질랜드 남섬. 테 아나우를 지나 38km 정도를 더 가면 있음.

와이토모 동굴*의 반딧불이
– 뉴질랜드 3

한낮에도 칠흑 같은 석회석 동굴 속의 물길
사공은 노를 젓지 않고
동굴 속에 있는 로프를 잡고
물소리와 말소리도 없이 미끄러져 들어간다

반딧불이를 탐망探望하는 동안에
침묵의 정서를 어겨서는 안 된다는 설명이 앞섰지만

동굴 천정을 가득 메운
반딧불이의 형광螢光을 보는 순간
앞선 설명을 깜빡하고 감탄사를 삼킨다

먹장삼 밤하늘에 은하수가 반짝이는 천체
동굴 속의 형광이 아득히 밀려오며
착각과 착시를 일으키는 교란이 이어지고
먹이사슬을 유인하는 빛이 깜빡깜빡 손짓한다

동굴 속은 여전히 캄캄하게
어두운 채로 신기한 세계

매달릴 수 있는

천혜의 동굴 천장에 날아드는 곤충들

끈끈한 줄에 달라붙는 묘술

형형한 빛을 반짝반짝 뿌리는 암흑 속의 신기루

* 와이토모 동굴은 뉴질랜드 북섬. 오클랜드 남쪽 200km 지점에 위치. 세계 8대
불가사의 중 하나로도 유명하다.

피오르드 밀포드 사운드*

– 뉴질랜드 4

먼 세월에 천둥치는 빙하의 굉음
바위를 깎고 깎아
빙하에 밀릴 수밖에 없던 바위산
내려 까는 무게로 밀리고 깎인 암반
터를 새로 잡은 피오르드

유영하며 진동하는 빙하는
신의 손이 되어 삼각산을 만들고
해저를 파고들어 쪽빛 호수도 만들었다

매혹하는 신묘한 기술 같은 경관
단애에도 물개의 터전이 되고
펭귄에게도 쉼터를 주는

하늘을 우러러 기이한 모습을 연출한 명산
쪽빛 물속에서도 다른 세상을 만들고
울렁거리며 차오르는 코발트빛을

절체의 명산에 너울거리는 신의 손길을…

---

*뉴질랜드 남섬에 있는 피오르드, 약 1만2천 년 전 빙하에 의해 형성.

태산*

바다 같은 광야에 우뚝 솟아
바위 같은 듬직한 기상을 품고
대지를 묵직하게 깔고 앉아
고고한 풍광을 다듬고 있다

산이 산을 어깨동무하지 않은 산
사방에 멀리 보이는 산들만
나직하게 엎드려 있는가

사통팔달로 밀려오는 경관을 보면
오악*가운데 으뜸으로 보지 않을 수 있으랴
번잡스런 일상사에
믿음과 신뢰를 깔아주는 위엄을 발현하고
정기를 펼쳐 보여주는 우주봉

태평성대를 하늘에 기원했던 제왕들
산의 영험靈驗을 펼쳐 놓은 영산靈山에서
기원의 뜻이 발복할 것을 태산같이 믿었으리

* 태산: 중국의 산동평야에 있는 산. 중국의 제일 명산.
* 오악: 동의 태산, 서의 화산, 남의 형산, 북의 항산, 중앙의 숭산.

삼협박물관*

– 관우의 청동좌상

반석 대좌 위에
당당한 위엄을 감싸고 있는 기품
결전장에서 장검을 뿌리는 눈빛이 번득인다

유비와 장비와 더불어 도원결의를 맺고
군신간의 지조와 의리를
전사할 때까지 꿋꿋하게 지키다

신의와 의리로 다시 태어나,
죽음 앞에서도 빛났던 용장
고매한 천품과 용맹을 겸비한 위인을
신처럼 맞이하는 현대인의 심경

삼협박물관의 요지에
만인이 우러러 볼 수 있도록
사표를 되살려
운장雲長을 모셔두다

* 국립 중경 삼협박물관: 2006년에 개장. 양쯔강댐 공사로 수몰될 위기에
  놓인 문화재를 전시.

황혼빛을 싣고 가는 크루즈*

희미하게 흘러내리는 산빛
나무들의 몸체를 또렷하게 한다

타는 노을빛에 젖어
자꾸만 무엇을 찾고 있는 심사
겹쳐오는 협곡을 건너뛰며 따라가다

준봉은 높아야 잘 드러나지만
황혼빛을 휘저어버리는 아쉬움은
풍광의 얼굴을 침몰하게 한다

구름 안개도 비켜간 산세
산들도 외롭지 않으려고
고개를 쳐들고 친구를 찾고 있다

풍광을 춤추게 하는 강바람
더 무엇을 이야기하고 싶어 하는지
뒤척이며 일렁이는 황금 유람선

타는 노을을 머리에 두른 기암괴석
산색이 절정을 이루고 있을 때
괴산 절벽을 바라보고 있으면
선녀들의 너울너울 춤사위처럼
황혼빛에 홀려 어디로 가고 있는지…

* 장강 무협 12봉의 협곡을 따라가다.

여정의 풍광

—소소강小小江 *

초록 일렁이는 물빛
암벽을 쌓아 놓은 협곡에
절애의 풍광을 노출하는 수직병풍
내려 쏟아질 것만 같은 천둥소리
먼 하늘에서 들려올 듯

소소강으로 들어가는 뱃길을 열 때
사공은 긴 장대를 엇지게 들고
물질을 하는 모습을 보이고
유람객에게 자세를 잡아보라 하기도

기암괴석이 기지개를 하면
협곡에 일렁이는 물빛이 시무룩하게 흐려지지만
햇빛이 물속 깊이 파고 들 때
환한 생동감을 되찾는 초록빛이여

정면에 큰 물길이 가로 막아도
굽이굽이 물길 사이를 헤쳐
돌아가는 지혜를 보여줄 때

웃음소리 출렁출렁 넘쳐흐르고
언어처럼 튀는 물비늘이 반주를 맞추고 있다

* 장강 지류의 하나.

해맞이

　　– 사랑코트 전망대*

광망한 바다에서
빛을 뿌려 날아오르는 환성도
불끈 솟아오르는 광휘도 아니다

어둠을 헤집고
해맞이 고지를 숨차게 올라와
동쪽을 바라보고
태양신에게 경배하는
마음을 다잡고 있을 때
축복을 담아보려는 착각을 일깨워주는…

안나푸르나 남봉과 일봉을 건너뛰며
연봉을 삼키고
가까스로 내려치는 빛발
황홀하게 뿌리는 눈발인 듯
빛을 내리깔며 산마루를 내려온다

사방에 둘러싸인 설산준령에
하얀 이불처럼

덮어쓰고 있는 설경

해맑은 눈길을 열며

펼쳐지는 백색광에 눈이 시리다

* 네팔 안나푸르나 연봉을 원거리에서 조망하는 1,592m 고지.

사자탈춤

— 대만 여행

층층 계단을 높이 뛰어오르고
사나운 눈망울을 부라리는 사자
아프리카 초원의 대왕처럼 포효하지도
어슬렁거리지도 않으나

두 사나이
한마음 한 몸으로 사자의 탈 속에 들어가
한 사람은 앞다리로
또 한 사람은 뒷다리로 신명나는 춤사위
황금빛 털에 감도는 윤기를 걸치고
한 필의 사자로 거듭 난다

사자의 오장육부의 힘찬 근골처럼
등허리를 굽혔다 폈다 좌우로 돌리는
사자의 탈춤은
사나운 듯 유연하게
웃음을 담아내고 신바람을 풀어낸다

초원의 바위 위를 뛰노는 사자
무섭게 날뛰며 층층 계단을 오르내린다

숙련된 기량을 발휘하는 몸놀림은
액운을 쫓는 춤사위다
행운을 몰고 오는 기세다
한여름 바다를 밀고 오는 바람 속에서

장강의 흐름 위에

장강은 유유히 대하를 이루고
소소강에서 흘러내리는
샘물처럼 맑은 물을 휘잡아 흔들고

아무 일이 없다는 듯이 일색이 되어
아름답다는 눈빛을 넘어
각종의 빛을 무지개처럼 펼치고자 하나
눈빛을 흐리는 탁류

강줄기를 바라보는
우뚝우뚝 솟아있는 봉우리들
암벽으로 온통 강변을 장식하여
너도 나도 한가락 하는 풍치

띄엄띄엄 장식처럼 널려있는 숲
절벽이 거꾸로 서 있는 것처럼
절묘한 유혹을 험상궂게 담아내고 있다

제2부

쪽빛 아드리아 해

– 두브르브니크*의 석성石城

아드리아 해의 남단에
생동감을 둘러치고 있는 쪽빛 바다
주황색의 주택들이 자리 잡고 있는 반도

좌우로 돌아보는 고양이의 눈빛처럼
석성石城 위를 걸어가면서
바다와 육지의 경계를 번갈아 볼 때
환상적인 빛이 서로 엇갈리는 자락

바다의 평온은 푸르게 짙어만 가고
육지의 모습은 자꾸만 붉어가는 곳
끝없이 변화를 주고받는 풍광
황홀하게 바라보는 바다와 육지의 교감

코발트빛을 뿌리는 해안을 따라
둘러치고 있는 흰 석성
포근한 햇빛을 꺾어보고 싶은 심사여

*두브르브니크는 1979년 구시가지 전체를 유네스크 세계문화유산으로 등
재한 크로아티아의 명승지.

페트라, 페트라*
  – 요르단의 바위산

지진의 끝자락에 묻혀
1500년 넘게 잠자던 바위산
동쪽 시크 협곡 입구로 들어갈 때
들쑥날쑥 절벽아래 협곡을 지나
바위 속의 고대도시로 들어간다

바위산의 외형은 검게 보여도
속내를 파고들면 선홍색, 노랑색, 분홍색 등
단색과 혼합색의 신묘한 배합
사암砂巖의 바위산을 한 지붕 삼아
보물성전의 전면에 석주를 깎아 세우고
바위를 파고 들어가 벽면과 천정을
신기神技를 다한 솜씨로
천태만상의 형상을 드러내놓았으니…

수도원의 내부에 흐르는 빛과 색의 소용돌이
현란하게 쏟아지는 석양빛에
황룡과 봉황의 생동감을 더하여
천상의 신비를 드러내놓은 황홀감에 얼이 빠진다

바위 속을 정교하게 깎고 다듬어

바위산 속에 인간의 소망을 이루었을 때

천상의 언어가 묵시라면

지상의 언어는 어안이 벙벙한 침묵일 뿐이다

* 요르단 남서부 내륙 사막지대의 해발 950m 바위산에 남아 있는 도시유적.
  기원전 4세기경 대지진으로 인해 1500년 동안 사라진 도시였으나 1958
  년 발굴되었다. 2007년 세계 7대 불가사의로 유네스코에 등재되었다.

피레네 산맥에 가렸던 별천지

– 안도라 공화국*

발목 잡아 제키는 바윗길을 오르면
별이 쏟아져 내리는 소리 들리듯
청정한 신천지가 열리고

흰 천을 머리에 두른 듯
흰 눈이 굽이치는 선율을 보았을 때
국경을 접하고 있는 나라들
끌고 끌리는 기세를 보였지만
천혜의 자연 속에서 눈 밝은 사람이 있어
폭력과 완력을 내려놓게 하는 지혜를 담아
완충지대로 잡아둔 아름다운 작은 나라

현란한 지상의 빛을 뿌리고
천연요새가 열렸을 때
천상의 별나라가 아니라도
지상의 별천지를 마중할 수 있는
세계로 향한 관문이 활짝 열린 분지
자국의 국기 휘날리고
한 나라가 온통 면세지역으로

'세계의 수퍼마켓'이 되어 있음이여

손에 잡힐 듯
그림 같은 산과 산을 병풍처럼 둘러치고
건너뛰고 내려 뛰는 아름다운 산세
천상의 별을 헤지 않아도
이 분지에서 별천지를 찾을 수 있는
분주한 움직임이 신바람을 달고 와
돌아보고 싶지 않아도
뒤돌아보아지는 준령의 긴 호흡

* 스페인과 프랑스와 국경을 접하고, 해발 2000m에 있는 인구 8만 명이 넘는 고산국가. 종래 안도라 공화국은 1993년 국민투표를 통해 의회민주주의 독립국가가 되었다. 실업자가 없는 나라로 국민소득은 4만 달러.

구엘 공원*

– 바르셀로나

지중해의 반짝이는 물빛을 넘보는 산 중턱에
나무기둥처럼 돌기둥들을 세워
숲속의 운치를 더욱 살려놓고 있다면…

공원 입구 돌계단 옆에 용상龍象 모자이크
도마뱀보다 더 현란한 채색 옷을 걸치고
금방이라도 물길 따라 내려갈 듯 용트림을 한다

갈지자 길을 비스듬히 따라가면
광장을 받치고 있는 지하기둥과
천정에 새겨진 모자이크가 눈길을 끌고

백 개의 지하기둥을 지나
도리스양식의 돌기둥이 있는
산책로를 걷다 보면
지상의 광장이 넓은 가슴을 펴고 맞이하네

벤치로 둘러치고 있는 광장 난간
자연의 유동성을 재현해 두었으니*

편안히 앉아 쉬어갈 수 있는 타원형 광장

벤치와 등받이에 파도가 일고 있는 모자이크
수직과 수평의 모양새는 찾을 길 없지만
지중해의 물결을 타고 크루즈 유람하는 것처럼
청옥 같은 풍광을 앉아서도 보겠네

* 스페인 바르셀로나 북쪽에 있는 공원. 1984년 공원 내의 건물들과 공원 내부의 모든 시설물은 유네스코에 의해 세계문화유산으로 지정됨.
* 안토니오 가우디가 설계한 건축물과 조형물이 있는 공원.

플라멩코

  – 안달루스 궁*

노래의 물결을 타고 흐르는 무대 위에
플라멩코 의상을 한 무희가 딱딱이를 치고
숨가쁘게 흘러내리는 치마폭이
수평으로 출렁일 때
통탄을 팽개치듯 구두 뒤축을 내려친다

2인조 기타의 선율에
무희의 춤사위가 시작되면
종달새의 지저귐처럼 천정을 찢는 소프라노
얼굴을 치는 것처럼 구두 뒤축을 내려치기도

몸사위를 좌우로 휘돌릴 때
멈추다 이어질 듯
양팔을 접었다 휘어잡으면서
손과 발이 쉴 새 없는 춤사위
구두 뒤축을 구르면 춤이 되는 울림
얼빠지게 만드는 환상의 무대

구성진 노래에 맞춰

남녀무희의 춤이 한고비 올라갈 때

지팡이를 들고 나와 지팡이춤이 시작된다

천지신명에게 고하는 호곡처럼

지팡이와 구두 뒤축을 함께 내려쳐

지축을 웃기려 한다

* 스페인 세비아에 있는 플라멩코 공연장.

알프스 만년설을 담아

 – 블레드 호반*

일어선 햇빛은 깊숙이 파고들어
청옥수를 곱게 빗질하고
만년설에서 풀려나온 눈물[雪水]
호수에 평온을 깔아놓고 있다

섬으로 들어가는 나룻배의
노 젓는 소리 숨죽이고
조용한 파문을 열고 가는
백조의 갈퀴를 닮아갈 때
은빛 파랑을 타고 오는
바람과 인사를 나누기도 한다

맑은 물 속에서 머리를 내밀고
아이처럼 온몸을 드러내고 있는 수련垂蓮
잔잔한 주름살을 펴고 있는 거울 호수에
천심을 전해주려고 하얀 꽃판을 펼치고 있다

'소원의 종'*을 세 번 울리고서
행복을 꽃다발처럼 가슴 가득히 안고

나룻배를 타고 섬을 돌아 나올 때

수련의 활짝 핀 웃음과

잔잔하게 파문을 일으키고 간

백조의 길을 찾아보지만

하늘빛만 내려와

호심에 잠겨있는 에메랄드 블루만

손짓하듯 남실거리고

* 슬로베니아의 북서부 산악지대에 있는 줄리안 알프스 자락에 위치.
* 호수의 섬 안에 있는 성모마리아승천교회의 종탑에 있는 '행복의 종'을 직
  접 세 번 울리면 소원이 이루어진다고 하는 전설이 있음.

진경珍景을 찾아서

- 북국의 오로라

어둠을 뒤흔드는 벨소리
긴장감을 다지고
약속이나 한 듯 언덕길에
수군수군 일행이 모여든다

혹한을 몰고 오는 세찬 바람에도
홀연히 신기한 모습은 나타나지 않고
찬바람만 품속으로 헤집고 들어올 때
'헛방이다'는 말이 스쳐 지나가는,

하루해를 넘기는 별빛만 총총 쏟아지고 있을 때
달리던 관광버스가 길가에 갑자기 멈춘다
어, 무슨 돌발사고 ……
'내려주십시오 모두'
가이드의 말에 힘이 실렸다

산 능선 위로
길게 넘실넘실 흔들흔들 초록빛
그 너머 별빛이 찬연스레 반짝이고 있었지만

칠흑의 밤에 미명의 신, 오로라는
몸체 없이 은근슬쩍 신묘한 춤사위로
밤하늘에 면사포를 끝없이 늘어뜨리고
천상의 무대는 보여주지 않았지만
난생처음
현현한 방광放光의 여로를 따라
북두칠성을 촘촘히 읽는 눈길을 끌고 가네

아름다운 소국

  − 리히텐슈타인*

산 중턱 파두츠 성에
파수꾼처럼 거목들이
왕관문양의 국기를 지켜보고

분지에는 평원이 펼쳐져
왼쪽에 알프스 산악의 기슭 따라
붉은 지붕의 목조주택들이
오손도손 이웃하여 늘어서 있는 풍경

말분*을 향해 가파른 고갯길에 접어들면
고산에서 내리치는 백설을 몰고 와
축복을 펼쳐놓는 설국이 될 때
유럽의 왕족들이 스키장을 질주하기 바쁘지만

아름다운 우표를 제작하는 세계적인 국가로
앞서 가는 멋을 뿌리고 있는 유명세를
자랑하는 나라라는 것을 알고 보면
치밀하고 치열한 솜씨를 우러러 보아야 하는

세계의 각종 우표를 전시한 우표 박물관

세심하게 볼 수밖에 없는 눈빛을 찾아주네

* 스위스와 오스트리아의 국경에 접하고 있는 내륙국가. 인구 3만7천 명 정
  도지만 1인당 국민소득은 4만–5만 달러. 1719년에 리히텐슈타인 공국이
  출발되고, 1866년에 독립국가로, 세계에서 네 번째로 작은 나라.
* 해발 2000m의 고지. 훌륭한 스키장을 운영하여 리히텐슈타인의 스키 강
  국을 자처.

암각화에 담긴 미소*

바위들이 불쑥불쑥 얼굴을 내밀고
암각화를 받아들고
생명을 다하지 않은 듯
사진을 찍어달라고 가슴 내밀고

음각한 생명은 저 언덕 넘어 갔을지라도
그때의 손길은 꿈틀거리는지
암각화에 살아 있는 간절함이여

암각화에 파고 든 소 두 마리
먼저 가는 놈은 고개를 숙인 채
앞만 보고 바쁘게 가는 모습이지만

뒤쫓아 따라가는 소
고개를 쳐들고
억센 뿔을 휘저으며
씩씩거리며 따라가는 소리 들린다

공중에는 새 한 마리

즐거운 노래 짹짹이며 날갯짓 하고

새의 인도를 받으며 가는

암소와 황소의 거친 숨소리

허공 중에 가득하다

* 카스피 해에 인접한 아제르바이잔의 고부스탄 구릉과 동굴 암각화. 유네스
코 문화유산으로 석기시대의 동물 그림과 사냥, 축제 등 선사인의 생활모
습을 볼 수 있는 암각화.

꽃밭에 일렁이는 황금빛*
– 클림트의 〈키스〉

한 모금 키스라도
꽃대궁의 목이 꺾일 사랑의 무게
통바지와 통치마 속에 금사로 빛나는 설레임
남녀의 신발을 축담 앞에 벗어둔 여운을 보다

서로 마주 있어도
무게의 중심이 흔들려
언제 넘어질지 모르겠지만

뒤꿈치에 힘이 실려 있어도
온몸을 뒤흔드는 전율에 떨며
지구의 중심을 찾지 못할 때
사랑이 강한 쪽으로 실리어가겠지만

통바지와 통치마에서 터져 나오는 광채를 보면
사랑과 전율을 감지하지 않아도
열기를 비추는 황금빛
눈을 내려 깔지 않을 수 없게 하리라

*오스트리아 빈의 벨베데레 왕궁 내의 레오폴트 박물관에 소장된 클림트의 대표작.

멜크 수도원의 정원*

정원을 정결하게 다듬어 놓은 설경은
지상에서 천상으로 가는
또렷한 길만을 보여주는 눈빛

눈[雪]은
온 세상을 감싸고
언덕 위에 숙연한 마음을 깔아놓았다

수도원의 기둥과 조각품
다채로운 대리석의 조화는
천상의 세계를 보여주려는 듯

천정에는 천지창조의 성화
천상의 언덕을 펼쳐놓고
숙연한 장식은 기도의 구현을 알려주고

지상과 천상을
다 같이 보여주는 설경 속에서
구원의 한 목소리
"평화와 사랑을…"

* 오스트리아 멜크에 있는 베네딕토회 수녀원.

폭포

 – 노르웨이

만년설의 언저리가 녹아내리는
지층의 비통한 눈물처럼
지축을 울리는 비감한 폭포수
천상의 분수처럼 뿌려지는 경관이라고
멀리서
카메라에 담고 담는 관광객들
창공의 비취색이 눈과 함께 녹아
일렁일렁 담겨있는 피오르드*

색채와 소리를 잠재우는
호수의 평온 속에
바위산 정상에서
뇌성처럼 내려치는 소리가
활짝 피는 지구의 폭소처럼
따갑게 들려오기를
먼 훗날에도 듣고 싶지만…

* 노르웨이 내륙부로 깊이 들어간 하구河口 또는 협만峽灣.

산마리노*

바위산 성채에서 외세를 막고
외풍을 막아 온 오랜 역사
바위산은 이끼와 돌옷을 입은 채 말할 테지만

능선을 타고 오르는 길목에
성채의 관문이 우뚝 세워져
하늘이 낮아졌다고 해도 좋으련만
능선을 타고 성채가 몇 군데
먼 바다와 광야를 바라보는 여유를 뽐낸다

산비탈에 도시가 형성되었다는 것
나라와 수도의 이름이 같다는 것
고풍이 찬연하게 아름다운 나라
독립국가의 국호를 달고 있다는 것을
지상에 처음으로 뿌리내린 공화국

* 산마리노 공화국과 티타노 산 지역 모두 유네스코 세계문화유산에 등재.
이탈리아 중부 로마냐 지방과 마르케 지방 사이에 위치하고, 총면적 여의
도 두 배 정도, 인구는 약 3만 명. 1인당 국민소득 4만 달러. 1815년 비엔
나 회의에서 산마리노 공화국으로서 독립을 인정받았다.

여정의
풍광 이 광 수 · 여행시선

제3부

불협화음의 대합주

— 이과수 폭포

암반의 단층을 만난 강물이

악마의 숨통으로 휘몰려 간다면

무엇에 홀린 것처럼 바라보지 않으랴

순식간에 내려치는 폭포수를 삼키며

휘감고 가는 광란의 소용돌이

관광객의 대화조차

어지럽히는 불협화음의 폭포를

10분 정도 바라보고 있으면

생의 시름을 삼켜버리지만

30분 이상을 마주하면

영혼까지 빼앗아간다는 속설

강폭에 수백 개의 대 소의 폭포

천혜의 악기를 현란眩亂하게 연주하며

쌍무지개를 쌍쌍이 피우는 이과수 폭포*

* 아르헨티나와 브라질의 국경을 관통하는 이과수 강은 1986년에 유네스코
세계문화유산에 등재되고 국립공원으로 지정되었다.

요세미티 국립공원*

바위산을 수직절벽으로 절단해 놓은 듯
반쪽 돔 앞에
민둥 바위를 거울 속에 비쳐주듯
미러 호수는 대머리바위를 그려놓고

검은 바위벽을 타고 쏟아지는 물줄기
신부의 하얀 면사포처럼 흩날리고 있으니
검은 바위를 하얀 면사포가 감싸주는구나

암봉에서 요세미티 3단계 물줄기를 드리우고
눈을 감고 귀도 막으라고 내동댕이치는 폭언처럼
휘젓고 흩어지는 폭포수
암벽에 물보라를 마음껏 뿌린다
흐늘흐늘 그려내는 칠색 무지개
환상처럼 바위벽에 일렁거리고

분지에는

하늘을 떠받치고 있는 울울창창한 메타 세콰이어

서로 손을 내밀고 멋진 조화를 보여주는 별천지

* 1890년 미국에서 최초로 국립공원으로 지정. 1984년 유네스코 세계유산
  으로 지정. 미국의 캘리포니아 주 중부 시에라네바다 산맥 서쪽 사면에 위
  치한 해발 고도 671−3,998m의 산악지대.

나이아가라

 ─ 북미 여행

흐느끼며 흐르는 것이 싫어
강물은 하상을 파고 단애를 만들었다

바람의 동굴*을 지나
돌아서 있는 암벽 꼭대기에서 쏟아내는 폭음
암벽에서 떨어지면서 휘젓는 물길마다
펼쳐지는 현란한 비단폭이다

반원을 그리는 무지개의 집
한 채 한 채 바쁜 걸음으로 사라지고
물길을 열고
내려앉는 물갈기는 순간을 지배하는 물귀신이다
축축한 폭소를 함께 터뜨리게 하는 장관壯觀이다
온통 휩쓸어 내리는 물세례…

암벽 높은 곳에서 뿌리는 폭음과
쏟아지는 포말의 경연
눈길로 잡으려 해도 잡히지 않는 파노라마다

대자연의 화음이라고 경청하고 싶어도
물보라 물안개 포말을 반복하는 풍경일 뿐
화폭이나 음표에 담으려 해도,
글로 써내려가려 해도,
백옥이 부서지는 찰나인 것을!
폭소 같은 환희인 것을!
목청이 없어도 끝없이 외치는 나이아가라 폭포*
길이 없어도 길을 열고 있는 무지개를 본다

* 나이아가라 폭포의 미국 측 절벽 지하통로의 이름.
* 미국과 캐나다의 국경을 가로질러 흐르는 나이아가라 강의 폭포.

탱고 1
– 보카 까미니또*

따가운 햇볕 아래 어수선한 거리
탱고에 젖어있는 무희 땅게라*
파트너를 찾는 눈빛이 향수에
젖어있는 것처럼
춤추기를 바라는 맵시가 붉다

다리 길이대로 트인 탱고 춤의 차림새
파트너에게 감기는 동작에서
열정을 감고 돌아
그늘진 비애를 뿌리치려 한다

삼각지에 늘어선 광고사진과 그림들
키 큰 나무들의 그늘을 벗 삼아
지난날의 탱고 춤을 읽어주고 있다

못 잊어 살아난 흔적에 매달려
차랑차랑 음색을 뿌리고 있는 차랑고*
애잔한 갈래로
과거를 불러들이고 있는 씨쿠스*

무희의 고개와 다리를 어긋나게

돌아가게 하고 있을 때

탱고의 호흡을 끌고

한낮의 햇빛 속에 익어가는 보카 까미니또

* 아르헨티나 탱고의 발상지이며 본고장.
* 탱고 춤의 여자 파트너.
* 작은 모양의 기타.
* 플루트의 일종.

탱고 2

　– 사보라 전통극장*

무대의 천정에 별빛이 흐르고
관객의 얼굴에 환희를 적셔준다

6인조 오케스트라의 음색이 흘러나올 때
춤사위로 길을 여는 무희
육감적인 리듬체조처럼
애잔하고 애환을 날려버리는
강렬한 춤을 선보인다

네 쌍의 무희가 군무를 추듯
파트너를 거침없이 바꾸면서
다리와 목줄기가 어긋나게 돌아가면
다리와 목줄기로 따라가는 관중들

높은 산마루를 오르는
테너의 절절한 고음에 무대가 좁다
남자 무희 네 명을
땅게라 한 명이 돌려 잡는 묘기를
뜬금없이 받아치는 여유

끝없는 정한情恨을 풀어주는

탱고의 춤사위

온 몸에서 열정이 튄다

이과수 폭포 보트 투어

물안개가 멀리서 피어오르고
폭포가 울부짖는 쪽으로 스리쿼터를 타고
열대우림의 터널 속을 빠져 나간다

강변에 출렁이는 선착장
모터보트에 승선하면
우장이나 우비를 걸쳐야 한다는 당부
물결 위를 미끄러지듯 좌우로 기우뚱거리고
앞뒤로 움찔거리며 재빠르게 속력을 낼 때
선체의 스텝에 맞추어
흔들리는 몸 주체하기 바쁘다

억세게 손발을 휘젓는 난폭한 파도가
좌우전후에서 물난리로 돌변할 때
선상에선 탄성과 비명이 춤을 춘다
잠시 뜸을 들이던 모터보트가
빠르게 질주하여
이과수 폭포 속으로 겁 없이 들어간다

물세례에 옷이 젖은 채 마주 보고 웃는 사람들

야간열차와 서비스

 – 이집트 카이로에서 아스완까지

지구의 중심을 잡으려는 듯
나비넥타이를 반듯하게 잡은 직원

열차의 침대칸 복도를 뒤꿈치로
쓸어내리는 소리 없는 발걸음
봉사의 기백만은 누구에게도 지지 않아
노령의 세련미가 두텁다

손으로 뿌리는 유머
타올을 내밀었다 거두어가는
무언의 재치가 서로를 이어주는 눈빛

여행객의 감탄을 자아내게 하는
웃음밭을 꾸리는 화원을 만든다

야자수가 군데군데 이정표를 잡아주지만
움칠움칠 지구를 주름 잡는 야간열차
밤 내내 나일 강변을 달릴 때
아득한 지난 인간사를 보여줄 듯하지만
철마는 녹이 슬어도
서비스는 녹이 슬지 않는 듯하다

풍광의 색정

 – 리우데자네이루*에서

용트림치는 파도
산을 넘지 못 해 대서양으로 밀려나고
나무를 물어뜯는 이빨처럼
태풍이 나뭇가지를 꺾는 소리 요란하다

마이산처럼 고개를 쳐들고 귀를 세운 기봉奇峰
하늘을 떠받치고
바다와 호수*를 좌우로 갈라놓았지만
바다에 엇비치는 암벽을
폭우가 씻어내려도 물빛은
흩어진 머리칼 갈무리하지 못하고 반짝인다

해무가 수륙을 지워버렸을 때도
허허로운 세상을 찾아 나선 햇빛과
코르도바도 그리스도 상*은
양팔을 길게 펴고 환란을 씻은 듯 걷어내는 광휘를 뿌
린다

광풍에 당혹스럽던 바다가 한숨 돌리고
풍파에 시달리던 해면에서
선체를 가누는 선박들이
풍랑을 삼켜버리고 평온을 깔아 놓는다

고개 너머 하트형의 호수는 진녹색을 발하고
수면에는 강렬한 햇빛이 출렁거린다
잔잔한 웃음을 풀어내며 풍광이 일렁이고 있다

* 대서양 남동부에 있는 브라질의 옛 수도1822~1960).
* 로드리고 데뜨레이타스 호수.
* 1931년에 세워진 높이 38m, 양팔의 길이 28m의 그리스도 상. 높이 8m
  의 대좌 위에 서 있다. 리우 항과 시가지의 랜드 마크.

지하 감옥 69일

　- 칠레

습도 90%, 기온 30도를 오르내리는
암흑과 절망에 맞서 싸운 33명

지하갱도가 무너져 매몰된 후
지하 700m갱도는 지하 감옥이 되었다

광산용 트럭 9대에서 잠을 자야하는 나날
현장감독 루이스 우르수아는
암흑 속에서도 꺼지지 않는 푸른 신호등이 되었다
33인을 가족처럼
공동체의 자리매김을 해주고
구조될 수 있다는 희망을 불어넣고
한정된 음식에 함부로 손을 대서는 안 된다고
규율을 정하기도 하였다

지상과의 불통이 길어지고
살을 깎아먹는 것처럼 몸이 말라갈 때
지상에서 보내온 탐침봉에
대피소의 위치와 전원 살아있다는 쪽지를

전해주었던 그날은
절망에서 희망의 빛을 찾은 날

지상 구조대는
탯줄의 시추공을 통해
통신 실린더를 배달하고
지하 감옥은 평온을 되찾았다

69일 만에 지상에서 천상으로 오르듯
지하에서 지상으로
구인캡슐 불사조2*로 올라와
눈부신 햇빛을 다시 보았다
감동의 눈물을 흘린 세기적 뉴스가 되었다

* 칠레 산호세 탄광의 지하갱도가 무너져 69일간(2010. 8. 5~10.13) 지하
대피소에 있던 33명을 22시간 동안 1명씩 지상으로 품고 올라온 인명구
조용 캡슐의 명칭. 인명 피해 없이 전원 구조되었다는 기적 같은 일.

생긴 대로 살아간다지만

−하마河馬*에게

수면 위로 머리통을 쳐들고
작은 귀로 물기를 탈탈 털고
까만 눈빛으로 수면 위를 살피고 있는 괴물
귀와 눈은 몸체의 액세서리처럼 퇴화된 흔적

푸 − 쿵
숨가쁘게 물갈기를 뿜어낼 때
바라보는 이까지 숨 가쁘게 하는 짐승
원목처럼 강물에 떠돌다가
물가에서 등허리를 수면 위로 드러내고
무리 지으면 바위처럼 울퉁불퉁 보이기도 하지만

해가 떨어지면 초원으로 올라와
마구 해치우는 사나운 큰 입을 가지고
악어를 험상궂게 동강내는 괴력을 발휘하다가
사람 사는 주거지를 겁 없이 드나들며
방갈로 계단에 무더기 오물을 갈기는 것쯤이야

야음을 이용하여 초목이 있는 곳을 돌아다닐 때

음험한 자기방어를 시도하는 본능

순리도 역리도 있을 리 없는 수심獸心

인간세상에서 위험한 양태를 보이지 않는다면

서로 과민하지 않아도

지상낙원을 함께할 수 있으련만

* 아프리카 사하라 사막 이남의 강이나 호수에 분포. 몸길이는 4m 정도이고
  어깨 높이는 약 1.5m, 몸무게는 2~3톤에 달한다. 낮에는 물속에 있다가
  밤에 육지로 올라와 나무뿌리나 풀 따위를 먹고 산다.

식물의 낙원

- 커스텐보시 식물원*

만 가지 식물을 불러 모은 터전이다

잔디밭 군데군데 세워져 있는 청동상
함께 있기를 바라는 듯 눈빛이 따라오고
백년 넘은 고목들도 박수치듯 잎들의 환영

울창한 숲길을 들어서면
발길을 아둔케 하는 갈매의 그늘
터널을 이루고
우람한 몸뚱이를 으스대며 서 있는 교목들
하늘을 받치고 서 있는 모습 믿음직하다

사막의 식물들을 전시하고 있는
유리건물 속은
지하보물을 간직한 듯
원색의 꽃들이 분장을 한껏 하고 있지만
꽃향기는 땅속에 묻어 두었는지
친절한 인사 한 마디가 없다

테이블 마운틴* 동쪽 식물의 낙원에

환상의 음악이 울려 퍼진다

진초록 바다가 출렁이듯

넘쳐흐르는 생명들이 살고 있다

* 남아프리카공화국 케이프타운에 있는 국립식물원. 1913년에 528헥타르
  의 방대한 면적에 조성한 세계10대 식물원 중 하나.
* 케이프타운을 상징하는 산. 해발 1087m.

물개*
– 남아프리카공화국

파도가 세차게 치고 들어와도
돌섬의 새까만 돌처럼
반석 위에 고개 쳐들고
파도를 타고 즐기는 물개들

섬에서 풍겨오는 물개의 체취
바닷물이 씻어주면
갯가의 짠내가 풍기는 진갈색 향수

돌섬 위에 널려 있는
물개들의 향연을 보면
덩치 큰 놈 옆에
작은 놈, 그 옆에 또 작은 놈…,

해초처럼 파도에 일렁거리고
모난 사각 파도가 뛰어들어도
뒤집히며 숨바꼭질을 할 때는
물개인지 파도인지

콧수염을 실룩거리며
'에헴'하는 기성을 낼 법도 하고
파도가 얇은 무지개를 비춰 보일 때도
물개의 거침없는 유영

온몸을 궁굴리는 향락은 끝없는 물질

* 남아공의 도이커 섬에는 5,000마리 이상의 물개가 서식한다.

수하물

비행기에서 내려다보는 풍경은 평화롭지만
인천 국제공항에 내려 탁송한 수하물을 찾을 때
수하물대手荷物臺가 돌아가다가
가방 하나 얼굴을 나타내지 않았음에도
이상 없다는 듯이 덜컥 멈춘다

나의 불찰인 것처럼
재빠른 걸음을 재촉한다
분실한 수하물을 찾을 수 있을지
의심의 꼬리표 때문에 걸음이 빨라진다

여행길에 늘 손잡고 다니던 가방
손이 허전하여 공허감을 감추지 못한다
손잡고 다니던 정든 사람을 놓쳐버린 심정이다

집에 와서 여행 후의 정리에 바빠야 할 때
허전한 마음으로 서성인다
그가 스스로 나를 찾아오기를 바라는 마음으로

다음날 오후

곧 수하물이 도착할 것이라는 교신 후에

안도하는 몸체를 내미는 가방을 볼 때

'서비스 세계 일위—位' 광고판을

눈앞에서 보았다

추종할 상대가 없다는 민활한 세계를 보았다

여정의
풍광 이 광 수 · 여행시선

제4부

정적으로 말하는 산하

나란히 펼쳐져 있는 능선 사이에
풀씨 떨어져
싹이 나고 꽃이 피어
무성한 잎새들 사이로 날아오르는 향기

이제 꽃 대궁이만 남은 꽃대들
잎사귀 떨구고 조용히 침묵하는 나무들만

하늘이 내린 흰 옷 걸쳐 입고
나의 뒤에 발자취를 남기고 있을 뿐

홍조로 물든 복사꽃 마냥
내 생활 속에 환하게 비춘다 해도

산그늘 길게 내려앉아
어둠 하나 밝히지 못하는 내 눈

세상을 아름답게 채우는 향기 바라지만
나무의 얼룩진 그림자만 소리 죽이고
말간 정적으로 비비대는 산하

저 산이 나를 부르고

지금 내 안의 푸르른 시간대는
가슴 속에서 흔들리는 나무처럼
진초록 활기를 희망처럼 피워올린다

홀연히 솔밭으로 날아든 새일지라도
그를 찾아 그곳으로 마음을 날리면
허망을 깨뜨리는 목청으로 노래하리라

때로는 메마른 손 잡아줄 것만 같아
무거운 어깨를 내려놓고 싶기도 하지만…

세월 속으로 흐르는 청수가
반짝이며 손짓하는 여울처럼
가물어도 마르지 않는 생명수처럼

난타의 장엄

 - 주남저수지

난폭한 장대비가
북채를 내리치며 소리소리 지른다
이참에 출렁 기울 듯
난타하는 화음이
드럼 채를 수직으로 내리치면
연잎에 맺힌 옥소리가 강물까지 굴러간다

개구리 목울대가
여울지는 숨소리로,
잠수하는 몸짓으로,
넓적한 잎 속에 정적을 몰고 온다

연잎들 한바탕 난타음을 즐기다가
낮에는 햇빛 받고
밤에는 달빛 모아
둥글고 연약하지만
빛과 소리를 함께 굴려주는 저수지

병풍폭포

병풍바위 정수리에서 내려치는 물줄기
두 줄기 세 줄기 흩날리는 물벼락
비가 온 뒤에 열 군데 스무 군데
쏟아내는 활수活水

하늘을 받치고 있는 암벽에서
씻기고 씻겨 물색이 무색하고
천수는 더 맑다고 소리 친다

수면에 내리치는 폭음
하늘로 날고 숲 속으로 굴러와
숱한 나무와 함께 서 있는 나에게도
바위처럼 나무처럼
번뇌와 허망조차 잊어라, 외친다

폭포수가 뿌리는 물보라
무지개로 피어오르고
구절초와 감국甘菊이 엮어내는 향기에 싸여

고라니는 산빛을 가르고

신선新鮮이 휘감아 도는 병풍폭포

• 전라북도 순창군 강천산 능선에 있는 폭포.

휘몰이 하는 향내

들려오는 반란의 파노라마
추울수록 매운 송진 냄새
뒤엎는 새로운 향기
숲 속이 소란하다

겨우내 날카로운 가시로
추위를 막아온 매화나무
가지 끝에 발가스름한 참새부리 내밀고
겨울의 허리띠를 끊는 소리 들린다

뒤에서 나의 어깨를 끌어당기는 손길
돌아보면 노란 얼굴,
촘촘히 내뱉는 산수유의 웃음
긴 팔을 내밀고 있는 아리송한 향기
성큼 다가서는 상큼한 봄의 입김이다

겨울을 벗어던지는 숲 속의 향연
산빛을 뿌리고 다니는 요정처럼
향내를 휘몰이 하고 있는 춤, 춤, 춤

물가에 해오라기 날아오르듯
무거운 아버지의 얼굴에 허허허 날개 단 웃음
물꼬 터지는 세상 보아야 한다

고당봉 해맞이

소망의 끝없는 행렬
웅성웅성 밀려오는 그림자
길을 가면서 길을 묻는 사람들
투덜대는 발걸음 소리에
어둠이 깨어난다

새해 아침의 기원을 꼬치처럼 끼워보고자
고당봉 할매 찾아서 가파르게 오르는 숨결
열망을 환호처럼 쏟아내는 햇빛
시위 떠난 화살처럼 동녘 하늘을 가른다

타오르는 기운 가슴에 담아
가파른 계곡을 내려오는 길에
고드름 녹아 흐르는 물을
소망처럼 받아 마신다

을숙도 소묘

만면한 동해 일출,
실한 줄기 움켜쥐고
신운이 선 붓끝에는 서기마저 감돌아서
예각을
휘돌아치는 푸른 피가 향기롭다

내 몸은 가얏고,
맥을 짚은 중허리 튼튼하다
도무지
걷잡지 못할 힘이 솟는 팔뚝이며
장엄한 울림을 따라 내려딛는 맨발까지

거미줄에
이슬로 맺힌 풀벌레 울음소리
소란한 날갯짓 소리 슬프고 찬란하다

해질녘
먼 산머리 금동불상을 앉혀놓고
오래된 갈대꽃도 한쪽으로만 쏠리어
실눈을 떠 보는 하늘 눈썹이 무거웠다

몰운대 가는 길

이 길 따라가면
내 자랄 적 어머니 만나겠지

떠나온 길 위에 소실점 하나 새겨놓고
바다가 해명해주는 바람소리 붙잡는다

귀밑머리에 솔향이 짙고
깊은 눈은 산모퉁이 돌아오는 나를
기다리신다는데

굽은 어깨는 운무에 젖어 있어도
하얀 발등은 파도 속에 고우시다던데

저물녘 날 기다리는
모닥불보다 따스한,
얼마쯤 더 가야 그 품에 들 수 있을까

들풀의 머릿결엔 어머니 동백기름 흐르고
하얗게 부서지는 파도는

어머니 쓰신 머릿수건

붉은 카네이션 꺾어 가슴에 달면
거센 바다의 물결도 나를 위한 춤사위로
벼랑의 바람도 등 떠미는 동반자로

과녁으로 걸린 소실점 하나 붙잡아
내 마음 훨훨 화살로 날아가는

운문사에서

한낮을 찢는
매미 울음 초록물이 우러나서
등물 하는 산꿩 소리에
돌부처도 눈을 뜨고 이제사
말문을 열어 여기 보라 기척한다

물소리 맑게 열리는 곳
산을 하나 풀어놓고
햇살도 따가워서 흙냄새도 달게 피는…

꽃그늘 아래 서 있으면
오솔길도 토라졌다

풀물이 든 종소리
강물같이 길게 눕고
어지간히 모질었나 돌도 삭아 꽃이 핀다

뜰아래 홍매화 피어
장명등을 밝히었다

등 돌려 앉은
선방부처 돌을 갈아 비춰보나

가까이 다가갈수록
멀어지는 정점 하나
돌확에 고인 물에도 달이 가고 해가 뜬다

마라도 일출

활짝 핀 바다
팔짱을 낀 어깨는 좁지만
사시장천
귀에 젖어 철썩이는 파도소리
뼛속에 저리고 드는 별빛도 닦아놓고

해가 뜨고 지는 일이
손 안에 구슬만 같아
베갯머리 앉았다
새벽 발치에 꽂히는 달

물 위에 연꽃 한 송이
옹이져 박혀 있다

거문고줄 넘나든 바람
눈빛도 푸르러서
빈 손 들고
한발 앞서 봄을 맞는 꽃이다가
군불 땐 아랫목 밑은 손짐작에 밝아들고

물마루 걸터앉은 섬이
쪽배처럼 흔들리다

늘 그만한 거리에서
바라만 보는 해바라기 영혼도 하얗게 태워
온 바다에 꽃씨처럼 뿌리겠다

장백폭포

죽어도 이 길로 가라시니,
지엄하다
돌아가거나 피해서 갈 요령도 꾀도 없이
사는 일 벼랑 끝이라도
이 길로만 가라시니

산산이 부서지고
흔적마저 사라져도
한소리로 울부짖는 천둥 같은 우레뇌성
한 핏줄
숨결을 따라 너도 따라 오라시네

내장산 칠색조

내장산에 늦가을이 내리면
아침 햇살이 안개를 걷어 올리고
가지마다 펼쳐놓은 공작새의 색조처럼
햇빛을 삼키고 뿌리는 칠색조*가 나타난다

잎새마다 터져나오는 바람의 탄주와
계곡에 돌돌 구르고 흐르는 물결에도
홍단청을 하고 일렁이는 설렘이 있다

능선을 타고 오르는 바위 아래
늦가을의 치마폭을 주름 잡고
시시각각 옷을 갈아입는 몸체
사람들의 마음을 끌고 가는 곡절은
붉은 빛깔에 열광하는 시선 때문인가

붉은 색상으로 넘실거리는 배경 속에
셔터를 누르는 손끝이 떨린다
카메라 렌즈에 담기는 흐뭇한 풍경을
일상에서도 볼 수 있기를 갈구하는 열망을 가져본다

* 시시각각 변화무쌍한 나뭇잎들의 현란한 색조를 일컬음.

법성포에서

벌겋게 달아오른
한낮 해를 가슴에 받아놓고
무쇠 솥바닥도
물러빠질 불볕을 달구면서
제 뼈를 단련시키는
바닷물이 앓고 있다

화경이 비쳐 환한 생의 밑바닥
바다는 저 눈부신 은발이 되고서야
비로소
하늘을 바로
쳐다볼 수 있었으니

맥놀이 뛰고 출렁인다
살아 숨쉬는
세상 눈부시게 했던 지느러미 날개 접어
물이란 마지막 한 점
이름까지 버렸구나

여름, 배냇골

반석 위에
쏟아져 내리는 웃음처럼
조약돌의 조잘대는 속삭임처럼
일렁이는 언어로 깊어가는 파래소*

늦여름
참매미 애타게 우는 사연을
폭포처럼 몰아치는 깊은 정을
허허로이 가슴 펴고 받아들이는 포용

바위를 타고 건너뛰는 징소리
말을 달리듯
자갈을 쓸어내듯
꽹과리 소리 이어지면
바위에서 굴러내리는 백옥처럼
꽃잎을 뿌리며 내리는 화장세계*를 본다

* 경남 양산시 원동면 이천리에 있는 절벽 속의 소沼.
* 華藏世界: 불)세포적으로 나뉘어 있는 우주의 모든 세계.

자갈치 새벽시장

바닷길 갯바람은
온 여름 손도 시리어서
꽃보다 붉은 슬픔 피 너울도 차가운데
얼음이 댓잎자리면 살도 베일 비명이다
털도 없이 민숭한 몸을 어디 내놓으라고
퍼덕이며 살아온 날
미명처럼 눈을 뜨다
바다를 벗은 잔등
제 울음 깔고 누웠다
목젖에 걸린 소금기
곪은 속도 다스릴까
목이 쉰 뱃고동이 속사정을 대신 울다
일없이 한가한 날은 등 기대고 앉았다
땀인지 소금인지
젖은 돈을 전대에 넣고
어판장에 널어놓았던 간도 꺼내 말리면서
목 놓아 외치는 소리에 새벽길이 뚫리었다

간절곶 해돋이

내 안에 소용돌이치는
물소리 질긴 날은
희희낙락 조잘대는 바닷물로 넘치다가
새벽이 오는 벌판을 맨발로 뛰어갔다
대팻날에 잘게 씹힌 금빛 햇살
고명도 얹어 벌겋게 단 번철에다
굽힌 바다 뒤집으며
졸라맨 허리띠라도 풀고 싶은 그런 날에
내일이란 정면을 향해
나르는 화살만 같아
한 걸음 뒤로 물러 뉘우치면 더 커지는 일

할 일도 없이
바빴던 젊은 날의 왕국이여
건강한 바닷새들
차가운 갯바위에 앉았다
두어 걸음 물러서다
또 다가서는 물굽이를
서릿발 돋친 칼날 삼아 현弦 짚고 일어섰다

여정의
풍광 이 광 수 · 여행시선

제5부

바람의 길

강으로든 산으로든
미끄러져 가는 발길 막을 수 있을까만은

그대 훠어이 보내지 못하고
그건 길이 아니니 되돌아오시오
툭하면 말뚝 박아 목을 붙들어매는
내 속 좁은 심사라니

세상 모든 것,
저 태양의 어질머리에 퇴색하고
세상 모든 길, 따스한 골 따라 길을 내는 것을

닳아빠진 지남철 하나 없이
무엇을 믿어 그리도 당당히
절벽이요,
되돌아오시오,
나는 왜 자꾸만 푯말을 세우는지

바람소리

마른하늘 휘돌아 묏부리 할퀴고
백양나무 까치둥지 길게 흔들었다

너 스쳐간 자리 빈 나뭇가지만 남아
정든 가슴 밤새 후벼팠다

남아있는 어지럼증
너의 소리
살금살금 문고리를 흔들었다

가는 곳마다 잠잠한 영혼들이 호명되면
저 부드러운 물살 어디에 그런 힘이 들었을까
누가 저 순한 눈에 광기를 몰아 넣었을까
모질게 들판 헤집고 가는
너의 우는 소리
빈 들판의 영혼을 울리고

어둠 속으로 들어가 더한 어둠이 되어도
너는,

내가 품고 있은 모든 것

너의 부재가 일으킨
물갈퀴 베다 온 몸이 무디어져도

피 맑게 헹구어지는,
나는 잠시
입신의 경지에 들었다

회동수원지

산을 깨물은 물이 목까지 차오른다
가슴 가득 밀려드는 물을 끌어안고
몸이 기우뚱거린다

벅찬 몸뚱이에
어쩌지 못해 푸릇푸릇 몸살을 앓는다
두 팔의 힘을 풀기 시작하는가
혼자서만 감당하기에는 너무 벅차다는 것을 알았을까
열린 수문으로
서서히 금보라 물줄기를 떨어뜨리는 것이다

터질 듯한 창고의 불룩한 배가 꺼져간다
낮은 곳, 주린 자들의 빈 부대에 싸라기 들어간다

세상 높은 곳에 있는 것들도
거두어두는 것은 벅차다
가진 자들의 지갑,
열어야 한다

넓은 세상으로 골고루 물빛이 돌아야 한다
내 아버지의 물레방아도 돌리고
저 아랫마을 갈라진 논배미도 채워져야 한다

물가에 크낙새 날아오르듯
무거운 아버지의 얼굴에 허허허 날개 단 웃음
물꼬 터지는 세상 보아야 한다

원효암의 가을

산 위에 암자가 있어
세상을 내다보려고 발을 뻗 듯
절룩이며
계곡물이 내달리는
산 아래
늙은 돌들이 도력 높은 진인처럼 처연하다

입동을 턱밑에 두고
한 소식들 하였는지 흘러드는 무애가를
잎새 떨군 나목들이
언젯적 바람소린지
귀 기울여 듣고 있다

도처에
살아서 숨 쉬는 신라의 숨결이
깎아지른 암벽 위에
물소리로 쏟아지는 찬란한 무지개 한 쌍
폭포 위에 걸리었다

천왕봉

할 일 다 한 사람처럼 멀찍이
물러나 앉은 산
준엄한 가부좌를 틀고
기골 장대한 웅지를 틀고
거기에 자리잡고 있다

어깨에 하늘을 떠메고
지구 한가운데 앉아
깊고 넓은 가슴을 열고 있다

귀 맑게 헹구어져
잎새 하나 하나의 떨림까지
긴 울림으로 남아
사철 푸른 주목朱木으로
순백의 웃음을 날리고 있다

고가古家

　– 김영랑 생가에서

고가를 둘러싼

대나무숲 일렁이고

동백잎

씻은 얼굴이

반짝이는 눈인사로

방문객을 맞으며

갓 돋아난 파래 냄새를 풀어놓는 고택이다

사랑채 골마루에

결을 새긴 북채소리

명창들 가락에다

시심을 띄웠으나

거문고 주인 잃은 채

스무 해를 넘겼단다

현금弦琴이 우는 슬픔

정원에 피어 있고

돌담은

소곤대는 햇살을 담고 있어

모란이 웃는 날
나의 봄을 기둘리는* 모란이 만발했으나

서천으로 발걸음 내디딘 후에
허기진 초가지붕에는
볏짚이 삭아있고
잡초들 초록깃발 들고
허공이 내려와 앉은
앞마당을 고개 숙여 바라본다

* 영랑의 시 중에서.

석굴암 가는 길

돌아든
산굽이마다 어깨 걸친 붉은 장삼
여기까지 걸어온 길
수미산은 못 닿아도 동해안 붉은 해돋이를
턱 아래로 보겠구나

등성이 올라
산이 되고 바람소리만 남아
숲을 실어 나르다가
명부전에 멈춰서고, 우리 님
앉으신 자리 너무 환한 공명인데

산 눈썹 위에 걸린 해는
서방정토 비추시나
가부좌 튼 검은 돌이 앉은 채로 성불하고
저물어
내려선 산길

산을 하나 지고 왔다

오륜대

멀리서 친구가 찾아오면
음반처럼 내려놓은 호수를 찾아나선다
나무들의 행렬이 온 산을 둘러치고
호젓한 산길을 묶었다 풀어놓고
하늘의 눈빛처럼 푸르른 회동수원지
비가 올 때
수원지로 흘러내리는 물줄기 힘을 받아
촐랑대는 물소리 소란해도
눈이 자욱하게 깔릴 때는
나무들 사이에 성근 바람을 잠재우고
내밀한 발길을 엮어 추억을 새기는…
풍경소리 들리지 않아도
물가에 노닐고 있는 학의 춤사위에 젖어들고
가슴을 두들기고 가는 새들의 찬가
사각사각 유혹하는
갈대의 비음을 들을 수 있는 곳
감고 드는 시간이
유성기 복각판처럼 풀려나오는 오륜대

가덕도 동백꽃

팔소매 걷어 올리고
살찐 해초 건져다가 반상 위에 펼쳐놓아
소금 꽃을 피우는데
실뿌리 하나 내리자면 소금부터 되고 볼 일

세상이 몇 번을 바뀌도록
세월 없이 가꾼 터전
화덕인 양 더운 가슴
꽃이라 여겼더니
동짓달 언 손이 터져
피를 토한 동백이다

뿌리 뽑힌 나무
두 손 두 발 다 들어도
멱살 잡고 파고드는
바다만 한 장사 없어
열일곱 푸른 용장이
바람보다 끈질기다

날마다 저물고 새는 날이

꽃처럼만 하랴

사는 일 섧다가도 문득 웃는 일화거니

신명도

피나게 닦아 새빨간 혓바늘이 돋쳐 있다

망루望樓

 – 금정산성

우뚝 솟아있는 망루
멀리 바라볼 수 있는 방향으로 눈과 귀를 열고
돌담으로 쌓아올린 방패 속에서
자신의 긴장을 풀고 호신할 수 있는
자리에 서 있다
갑갑하고 숨 막히는 자리일지라도

사방을 다 지워버리는 운무가
보고 또 보아야 할 공간을 무력화시킬 때
나에게 망루는
내던져진 홀로서기의 장소다

바라보는 방향과는 관계없이
밤이면 짐승들과
풀벌레까지도
이상한 울음소리를 퍼뜨린다
들어보지 못한 낄낄대는 낌새를 안고 와서
착각과 환상을 일으키게 되면
외로움조차 날개가 꺾인다

지층을 감싸고 흐르는 적막으로
가상과 억측이 교차되는 가운데
최선을 다해왔다는 생각을 하지만
성과는 나타나지 않고,
자기 생각의 틀 속에 갇힌 독선만 남아있다

오일장 저잣거리

국솥에 소 눈알이
예감처럼 들끓어도
하얗게 질린 행장 마수 못한 등짐이다
주판알 굴려보듯이 머릿속이 따글따글
적자가 쌓였어도 넘치는
저잣거리 뜨겁게 달군 목젓
노을에 타고 있다
살아서 못 이룬 꿈이 꽃으로 피어날까
썰물 든 파장머리
얼큰한 활기 식고
대목장 주막거리 난전소리 카랑한 날
서산에 걸려있는 해
본전 밑을 맴도는데
뜨겁고도 뜨거운 솥뚜껑 삶
오장도 풀어지고 짊어진 짐도 풀어
웃전 얹어서라도 팔고 싶어
눈요기 쳇바퀴 돌다
발품만 팔고 돌아섰다

고당봉

신령스런
서기瑞氣가 감도는 산정에는
사방이 확 트이고 팔방이 뚫려 있다
고당봉 둘러친 능선
홰를 치듯 들썩이는 산세山勢

운무에 자취 감춘 고당봉을 찾아 나서면
회백색 구름안개 가는 길을 가로막아
시방十方에서 길을 찾아 헤매며
지워진 봉우리 향해 촉수로 길을 연다

음산한 비탈길을 투덜투덜 걸어가는 것은
세상사 풀어가는 일처럼 아득하기만 하다

* 부산의 진산. 금정산의 최고봉.

겨울 산행

신발 끈을
활시위처럼 단단히 당긴다
무슨 꿈을 꾸었는지 뒤척이고 뒤척이다
꼬투리 가닥을 잡고 오르는
얼음같이 투명한 아이젠 소리
정상을 향해 오르는 가파른 숨결
저 고집 센 천연빙벽을 타고 있는 달빛도
싸늘하게 얼어 있다

마음 중심에 꼿꼿한 심지를 박고
몸으로 어둠을 사루어 드디어 고지에 다다른다
저 봉우리가 어느 경지에 이르렀는지
차디찬 정수리 한가운데
푸릇푸릇 비치는 섬광을 본다

눈 속에 앉아 있는 정상에 서서
머리와 눈썹, 수염까지 하얗게 덧칠한
초연한 생의 의지를 본다

섬

썩은 짚단 누운 내 머리맡이
어지럽다
누가 던진 돌이더냐 가슴 핑 돈 파문 하나
이 아침
세숫대야에 물새 소리 담겨 있다

구름처럼 떠다니다 눕지도 못하고서
이 몸
둘러싸고 몰아치는 흰 울타리
눈 감고 귀 기울이면 하늘 문도 여닫았다

축담에 놓인 신발 사흘 째 그대론데
건너 보다 돌아앉아 밤 새워 우는
저 바다
속이 빈 백자항아리에 짠물을 퍼 담았다

순백의 의지로서 지탱한 그 무엇이라
벌목 톱질 소리 쓸어 눕힌 우듬지로
내 안에
푸른 옹벽을 연장 없이 허물었다

물의 잠언

한 갈래 혈통
만 갈래로 뻗었으나
만 사람 입을 모아 한 소리로 엮어낸 것
풀잎에 잠든 이슬이 또옥 똑 똑 또그르…
태어나 이때까지 앞만 보고 걸어온 길
한 자리 모여앉아 돌아보는 곳이라도
한 순간
처음과 끝이 마주잡는 제 자린데

꾸밈없는 품새로 활력까지 뽐내자면
바닥을 친 하층민의 신음소리 들어보라
아무리
난장을 쳐도 눈빛 푸른 제 바다

생사비단 속저고리 옷고름 푸는 소리
이가 시린 대접 물로 살 속에 깊이 새겨
물명주
한 필 풀어도 그 속만은 못 닿겠다

하산을 하며

언덕을 넘어
산을 내려간다는 것은
어딘가 닿아야 할 본래 자리 있음인데
아랫목 배를 깔고 누워
평민사平民史를 쓸까 한다

등짐 벗어 산 위에 구름으로 걸어놓고
평지 같은 넓은 세상
물길로나 달려가서
한사리
밀물로 드는 만삭인 그대를 안고

하루하루가
천일 같이 물가에 앉아
하늘을 쳐다보다
바다 한 번 내려 보며
가슴 안 눈 낚싯대로 나를 건져 올리면서,

■■■ 후기

또 한 권의 시집을 엮는다. 한 권의 시집을 낼 때마다 한 번의 아쉬움이 쌓인다. 인생은 끝없이 걸어가는 것이라 했든가. 길 위에서 보는 풍광과 느끼는 감정들, 글로 옮기고 싶은 서정을 찾아서 여기저기를 기웃거렸다.

집에서 가까워서 운동 삼아 오르내리는 금정산. 사계절과 스물네 시간 어느 때 보더라도 변화무상한 아름다움이 있다. 한 그루의 나무와 한 덩이의 돌이 뿜어내는 시간과 광선의 변화를 관찰한다. 멀고 가까운 여행지에서 보는 새벽의 해돋이와 일몰의 하늘은 그 자체로 경이롭다. 장소에서 장소로 옮겨가는 여행길 사이사이에 사람 사는 모습을 보고 쌓인 역사를 들으며 부지런히 메모를 한다. 하지만 생각과 생각을 이어가며 여정旅情과 서정抒情을 조화롭게 표현하기는 쉽지 않았다.

이번의 여행시선은 가까운 금정산으로부터 국내외여행길의 서정, 멀고 가까운 풍광과 서정을 옮겨보았다. 그러나 시간과 노력이 미치지 못하여 빠뜨린 곳이 많음은 큰 아쉬움이다. 장년시절 일시 체류했던 영국은 공부의 기회로 삼고 갔던 곳이라 많은 곳을 보지는 못했으나, 틈틈이 보았던 런던의 건축 유적들과 세계의 유물이 모여 있는 박물관. 몇 차례의 기차여행에서 본 시외지역의 진녹색 구릉들이 기억난다. 오래 전의 비망록을 들추어보지만 아련한 추억만 남아 있을 뿐, 구체적인 그림이 그려지지 않는다.

또 한 가지 아쉬움은 티벳의 불교사원에 대한 시편들이 빠진 일이다. '암호랑이의 둥지'라 불리는 해발고도 3000미터의 깎아지른 절벽 위에 하얗게 빛나던 탁상사원, '영광스러운 신앙의 요새'라는 타시초 종, 부탄의 정치와 경제의 중심지인 푸나카 종. 하얗게 빛나는 사원과 붉은 옷의 승려들, 미소 짓는 사람들. 신앙의 대상인 종교가 아니라 생활의 철학이 된 불교의 진면목을 보았던 것 같다. 그곳에서는 보고 듣고 느끼는 모든 것이 가슴을 때리고, 심금을 건드리는 것 같았다. 불교라는 생활철학을 여행의 서정과 접목하여 깊이 있는 시편으로 쓰는 일을 궁구窮究한다.

한 권의 시집을 엮을 때마다 또 한 번의 후회와 아쉬움을 남길지라도 그것은 시인으로서 삶의 증명이므로 쓰는 일을 멈출 수가 없다.